LE

CHAT FRIKO.

LE
CHAT FRIKO,

OU

NAISSANCE, AVENTURES, GESTES ET FAITS

DU CHAT

QUI FUT APERÇU SUR LES ARBRES DU COURS DE MARSEILLE

en 1837,

PAR

LOUIS LEVENS.

MARSEILLE,

Chez tous les libraires et cabinets littéraires.

1839.

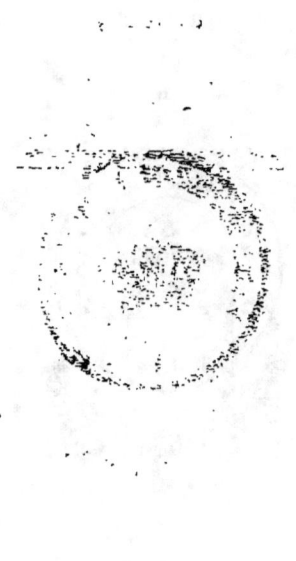

NICOLAS, IMPRIMEUR, PLACE SAINT-LOUIS, 5.

Introduction.

*
* *

Nolite judicare, ne judicemini.

Tant de choses s'écrivent, tant de personnes se mêlent d'écrire aujourd'hui, que je doute fort que ma *Croquade* émeuve beaucoup de gens et leur fasse demander le nom de l'auteur ; mais pour ceux qui le connaissent (et il y en a un bien petit nombre dans cette ville), grand sera leur étonnement en voyant un nom, qui par cela même qu'il leur est connu , leur fera croire qu'il y a démence extrême de ma part.—Ils n'auront pas tort , je le confesse humblement et sincèrement. Mon entreprise, quelque minime et insignifiante qu'elle soit , est certainement hors de mes occupations journalières et incompatible avec mes facultés spirituelles. Leur étonnement sera juste et ne me surprendra pas ; mais quoiqu'ils puissent ou veuillent peu s'en soucier, j'ai à cœur de leur dire les raisons qui m'ont décidé à sortir de ma sphère intellectuelle ; et si je ne parviens pas à me justifier entièrement , du moins pourrai-je leur prouver que l'on est obligé quelquefois de faire ce que l'on est le moins apte à faire , que le moins sot est celui qui ne désespère de rien , et le plus bête est celui qui recule avant d'avoir avancé.

Or donc, écoutez vous tous qui trouvez étrange qu'un cordonnier fasse autre chose que de raccommoder des savates.

Le bon père Adam faisait des chevilles et des vers ; Jasmin fait des toupets et des vers ; Reboul fait des miches et des vers ; tout récemment encore , un perruquier de Carcassone n'a-t-il pas jugé à propos de quitter le rasoir et la savonnette pour la plume ? Vous me direz : rien de difficile jusqu'à présent ! A la bonne heure !... j'en conviens : mais son ode (*car c'est une ode qu'il a composée*) a remporté le deuxième prix dans la séance de la societé archéologique de Béziers, tenue le 20 octobre 1838, à l'occasion de l'inauguration de la statue du fameux Riquet, non point Riquet à la houppe, mais le grand, l'immortel créateur du Canal du Languedoc.

Est-il donc étonnant que moi, auquel on n'a jamais fait le reproche de stupidité entière, et possédant une large dose d'amour-propre, je me sois laissé enflammer à la vue de pareils modèles? Il est vrai que je n'ai tenté que de la prose, mais pour moi de la prose c'est déjà beaucoup, et quelque petits que soient mes pas, ils m'apparaissent comme ceux d'un géant; et lorsque je serai arrivé au but que j'ai choisi avec le plus de prudence possible, je vous avoue, à quoi servirait de le cacher? que je me croirai un petit personnage, devant désormais marcher environné d'une auréole de gloire et de célébrité.

Mais parlons sérieux, et sous peine de passer pour babillard (je pourrais craindre une épithète plus injurieuse, et, qui sait? peut-être plus juste), hâtons-nous de dire comment j'ai su ce que je vais raconter, et pourquoi je le raconte.

Multi multa dicunt, et ideò parva fides adhibenda (1).—

Veuillez ne point m'appliquer cette sentence.

J'étais à un quatrième étage, dans ma petite chambre, devant un feu alimenté par des débris de caisse, et assis sur une malle en guise de tabouret.

(1) Plusieurs disent beaucoup de choses, c'est une raison pour qu'ils ne soient pas crus.

Ma culotte noire s'étant déchirée pendant la journée, pour avoir voulu sauter un ruisseau avec trop de grâce, j'étais en train de la raccommoder avec du fil blanc que j'avais trouvé et avec une aiguille que j'avais empruntée à la maîtresse de la maison, lorsque j'entendis frapper brusquement à ma porte.

—Qui va là? m'écriai-je honteux d'être surpris dans pareille occupation.

—Mille tonnerres et quatre rames de canot! quand je vous le dirais à travers les mauvaises planches de votre porte, vous n'en seriez pas plus avancé, me répondit une voix dont le timbre m'annonça que ce n'était point celle d'une jeune fille.

Et avant que je fusse revenu de ma surprise, la porte s'ouvrit et donna passage à un individu qui, après m'avoir salué militairement, me parla ainsi :

—Je m'appelle Polydore Bouge, fils de Bouge le pêcheur, depuis vingt ans trépassé d'une belle mort, ainsi que sa vertueuse épouse, ma digne mère. Bâti comme une barque démantibulée par la tempête, on m'a dit que je n'étais plus bon à rien, et voilà pourquoi moi, ex-marin du navire la *Charlotte,* me voilà actuellement inspecteur des pavés de la rue, et ce qui vaut mieux, votre brigand de serviteur.

Mais pardon, excuse, si je vous dérange ! votre *cahutte*... votre *chambre*... votre *salon*, voulais-je dire ; est perché comme le pavillon du beaupré ; et quand on est construit comme je le suis, on grimpe aussi mal qu'un matou auquel on a coupé les pattes de derrière et mis des coquilles de noix à celles de devant.

Notre homme prit une chaise, s'assit sans la moindre cérémonie et continua :

— Pardon, maître ! mais faute de dents et pour avoir déchiré trop de cartouches, je ne sais plus mâcher les mots.

Il fait un cré N. D. D. (1) de froid, ne trouvez-vous pas ? c'est à peu près comme en... en... un brigand de pays dont le nom m'a échappé comme une anguille d'eau douce.

Mais ça ne vous regarde pas, c'est juste, et je vais de suite vous mettre au fait de ce qui me procure l'occasion de vous pousser un brin de visite gros comme le petit doigt.

Vous connaissez Reboul... vous devez connaître papa Reboul, rue des Templiers, pas trop joli garçon, mais brave et honnête comme notre dernier contre-maître, et faisant, lorsqu'il veut

(1) Je demande bien pardon de parler grossièrement ; mais, en mitigeant autant que possible, il ne faut pas que je dénature l'original.

s'en donner la peine, des lettres grosses comme la cuisse.

Je me suis présenté chez l'ancien dans le même état que quand à présent, c'est-à-dire avec une jambe de bois, les doigts de la main gauche absents à l'appel, et un maudit quinquet de moins.

Polydore, qu'il me dit en se grattant la tête, j'ai pas grosse monnaie à te donner, mais, ce qui vaut mieux, un conseil.. un bon conseil qui ne coûtera rien.

T'as pas l'air en fonds, et on dirait que tu n'as pas mangé de soupe chaude de deux semaines. Ecoute..: faut t'industrier... faut faire quelque chose, mon ami; je ne te dirai pas de danser, tu aurais trop vilaine grâce, mais faut chanter: ça amusera les passants, et tu attraperas par-ci par-là quelques gros sous qui ne te feront pas de mal. — Je connais un jeune artiste qu'a de l'esprit comme nous deux, qui connaît l'orthographe comme un sergent-fourrier, et qui corrige mes écritaux; faut t'aboucher avec lui pour qu'il te fasse une complainte.

Ça me va! que je lui dis; brave bourgeois, je suivrai vos bons conseils paternels, et si jamais je fais fortune ainsi, faudra que j'achète un orgue de Barbarie, et chaque dimanche je veux vous jouer deux airs sous votre fenêtre, dont un primo sera premièrement une valse avec remuement de manivelle et tous ses afiquets ; et secundo, en second lieu, sera une contredanse avec variations ou toute autre chose de ce genre à votre choix.

Et puissi vous voulez savoir le reste, me voilà... vous voilà aussi. J'en suis charmé... c'est une preuve que nous sommes deux. Moi, je viens vous demander, vous, vous m'accorderez subito, et comme ça nous nous quitterons bons amis et sans rien nous devoir, n'est-ce pas ?

L'ami Reboul, très honnête papetier de la rue des Templiers, comme je crois déjà avoir eu l'avantage de vous le dire, m'a dit que ça vous prendrait du temps, c'est juste!... je ne suis pas exigeant, je vous donne jusqu'après-demain jeudi ; mais il me faut du propre, du soigné, quelque chose de chenu qui s'adapte à ma taille et qui soit capable d'attendrir les cœurs les plus durs, un courtier, par exemple, ou un pharmacien, ou comme qui dirait une borne de la place.

Cré N. D. D. ! (il jeta un coup d'œil dans mon réduit), vous n'avez pas l'air d'être trop bien dans vos affaires, puisque vous faites comme la vieille Margoton aux guenilles de son père ; et ce qui me conserve, vieux matou, dans cette lumineuse idée, c'est que vous n'avez pas pris les premières places : ce qui signifie, ou si vous aimez mieux, en d'autres termes plus à la portée de moi et de vous, votre paillasse est plus près du grenier que de la cave; mais c'est égal, je ne vous en crois pas moins honnête homme, plus savant que le premier maître d'école, et sachant la,... la...,.rographe, ainsi que le dit le papetier Reboul.

Qu'un cré N. D. D. vous conserve et vous donne un peu plus d'argent que d'esprit!....Je m'en vais, ne vous dérangez pas.

Tout ceci fut dit avec une volubilité stupéfiante, et en beaucoup moins de temps que je n'en mets à l'écrire. Depuis long-temps mon singulier visiteur était parti, que je restais encore à la même place et la bouche béante. Enfin le vent qui se glissait par la châtière, vint me rappeler que mes mollets étaient à découvert et que mon feu s'était éteint faute d'aliment. Je me hâtai alors de ramasser ma culotte qui gisait à terre, et pour rappeler un peu de ma chaleur vitale, je me mis à sauter dans ma chambre.

Lorsque j'eus fini, je ne rallumai pas mon feu, car je n'avais pas de bois, mais je me mis à réfléchir sur ce qui venait de m'arriver. Le résultat de mes réflexions fut qu'étant tous sur cette terre pour nous entr'aider, je devais aide et assistance au pauvre marin mutilé qui s'était adressé avec confiance à moi, plus pauvre diable encore.

Je résolus donc de lui faire sa complainte, et

même d'y adapter l'air connu de Joseph, et par-
faitement en vogue aujourd'hui.

Mais l'exécution m'en parut aussi difficile que
la résolution avait été prompte, et lorsque j'essayai de rimailler, je trouvai que c'était une tout
autre paire de manches. Bref! je conclus de mes
vains efforts à trouver une rime à mon troisième
vers... — Voici ceux que j'avais faits après avoir
sué sang et eau pendant trois heures :

> Ayez pitié d'un pauvre marin
> Qui n'a, hélas ! pour calmer sa faim,
> Que le pain amer de l'aumône.
> Vous tous, frères et chrétiens......

Jugez de l'échantillon.... — Je conclus donc,
dis-je, qu'il valait mieux, que c'était chose plus
facile et moins torturante de poser tous les boutons
d'un gilet que de faire une complainte divisée en
couplets.

Je m'écriai avec Shakespeare :

> *I had rather be a kitten, and cry mew !*
> *Than one of these same mettre ballad mongers* (1).

En conséquence, j'écrasai ma plume sur la table boîteuse qui me servait de bureau, je lacérai
à belles dents le papier auquel je venais de confier
le *nec plus ultr*à de mon esprit, et je me prépa-

_____

(1) J'aimerais mieux être chat et miauler, que d'être un de ces
marchands de ballades rimées.

rais à me lever de mon siége, lorsqu'au milieu des papiers que je venais de bouleverser, je vis surgir le mot *chat* écrit en lettres bâtardes. Je pris et je lus :

Renseignements pris sur un chat qui parut sur les arbres du Cours de 1836 à 1837.

Je saisis avidement le papier : ma tâche était finie, et sans beaucoup de peine j'allais être utile à un malheureux... Je n'ai eu qu'à classer et arranger les faits.

Maintenant je livre mon histoire au public, on sait dans quel but et à quelles intentions ; puissent ces motifs m'acquérir une indulgence qui m'est nécessaire, et dont je serais indigne en tout autre cas.

Un mot encore... On sera peut-être bien aise, après avoir lu ceci, de rencontrer, soit par curiosité, soit par tout autre motif, le marin dont je viens de parler ; je vais le dépeindre à telles enseignes, qu'il faudra être bien malheureux pour ne pas le reconnaître lorsque l'occasion s'en présentera.

Si vous voyez un homme d'un âge plus que mûr avec une tête à demi-chauve, au regard sévère, je dirai même un peu frondeur, au visage noirâtre et labouré par la petite vérole ; s'il a une jambe de bois et un œil de moins, si son bras gauche est mutilé, s'il porte, rabattu sur l'oreille, un chapeau de toile cirée ; si une ceinture noire serre une blouse bleue, s'il a à la main un bâton qui ne touche jamais à terre, enfin, s'il est accompagné d'un chien blanc au poil ingrat et hérissé, vous pouvez dire : c'est lui... c'est Polydore Bouge.

Et à coup sûr vous ne vous tromperez pas, si vous le voyez colportant de café en café quelques exemplaires du CHAT FRIKO.

Décembre 1838.

—

LE CHAT FRIKO.

⟞⟝

CHAPITRE PREMIER.

✺

Difficile est propriè communia dicere.
HORACE, *epist. ad Pisonem.*

Il y a quelque temps que Marseille eut le privi-
lége unique, et inouï jusqu'alors, d'un animal
qui s'était retiré du monde au milieu du monde
même, et qui, comme un pieux et saint ermite,
des hauteurs où il s'était perché, regardait en pitié les hommes et les misères d'ici-bas, et s'en
remettait à la providence et à son adresse du soin
de sa subsistance.

Les oiseaux du ciel furent pendant long-temps sa seule nourriture, l'eau passablement claire d'une fontaine sa boisson ordinaire ; pour lit il eut toujours l'écorce d'un arbre, et pour abri contre les intempéries de l'air, le feuillage généreux d'un arbre gigantesque.

Pendant quelques semaines les habitués du Cours comptèrent un passe-temps de plus, et les désœuvrés, les curieux, les amateurs de riens, depuis le garçon perruquier qui va raser en ville, et le mitron qui porte, sur son dos enfariné, le pain à la pratique, jusqu'au rentier insouciant et heureux, enfin tout ce que l'on est convenu de classer dans la riche collection des bipèdes flaneurs ; tous ces êtres, dis-je, eurent l'ineffable satisfaction de posséder, au-dessus de leurs têtes, un aliment sûr et quotidien de conjectures plus ou moins vraisemblables, plus ou moins merveilleuses, plus ou moins nouvelles.

Les journalistes s'en émurent, la presse gémit en son honneur, et plus tard on trouva juste et raisonnable de lui consacrer tous les jours un article spécial.

Quel était ce Chat? D'où venait-il? Par quel motif était-il monté là-haut? Quelles raisons le déterminaient à y rester? Comment faisait-il pour se nourrir? Etait-ce un Chat libre, ou bien la civilisation l'avait-elle doté d'un maître? Ce maître était-il noble, roturier, industriel, commerçant ou artiste?

Signoret le coiffeur en avait un pareil..... La veuve Arnaud avait perdu le sien. Appartenait-il au coiffeur plaqué contre la porte des deux Indes, ou bien à la marchande de la rue des Fabres? Etait-ce enfin un Chat de cuisine ou d'antichambre?

Une pareille détermination prise par un Chat, et surtout après 1830, annonçait un quadrupède peu ordinaire, et vraisemblablement, ce Chat, quoique Chat le mieux du monde, ne devait pas être une bête.

Voilà les questions que l'on se faisait dans le monde savant; quant aux réponses, elles variaient selon le bon sens d'un chacun, autant que leurs figures, leurs professions et la disposition conjecturale de leur esprit.

Dans le monde directement opposé au premier, dans ce monde que l'on est convenu d'appeler le dernier, ou plutôt le premier échelon de l'ordre social, il n'y avait qu'une version, aux détails, il est vrai, différents, variant d'un quartier, d'une rue, d'une porte à l'autre, mais présentant dans ses différentes structures un rapport, des liaisons qui permettaient d'en démêler l'origine première.

Dans cette classe donc qui rapporte tout à Dieu

ou au diable, on disait des choses aussi curieuses qu'effrayantes :

Le Chat n'était point Chat, et n'en avait que la figure ; c'était un réprouvé, un damné, un payen ; c'était l'ame d'un usurier qui avait demeuré dans la rue des Pâtissiers, à un sixième étage, dans une petite chambre démolie depuis, toujours encombrée alors d'objets précieux qu'une misère honteuse venait y entasser, en échange d'une valeur en numéraire beaucoup moindre. Après sa mort et pour le punir de son endurcissement pendant sa vie, il avait été condamné à prendre la figure d'un Chat, et à supporter, sur le haut d'un arbre, toutes les intempéries des saisons, jusqu'à ce que le nombre des malheureux qu'il avait pressurés à l'aide de leur pénible situation , fussent tous morts, et intercédassent pour lui auprès de l'Éternel.

Les oiseaux qui voltigeaient autour de lui étaient les ames de ces malheureux. Beaucoup ont cru qu'il s'en nourrissait, ils se sont trompés : outre le supplice dont on a déjà parlé, il avait été condamné à souffrir de la faim comme du froid, du chaud et du sommeil, et tout ce qui lui avait été accordé pour alléger ce supplice plus que tantalique, ç'avait été de descendre pendant la nuit, à l'heure de minuit, pour tremper ses lèvres dans le bassin de la fontaine; et encore ce bienfait était-il limité: lorsque l'horloge avait fini de sonner la douzième heure, le malheureux condamné devait être à son poste, sinon son corps commençait à répandre une odeur de soufre, ses poils tintillaient sous un feu invisible, une flamme bleuâtre le consumait comme un horrible cancer, l'incendie allait toujours augmentant et ne cessait que lorsque l'aliment lui manquait. Alors tout disparaissait; mais comme le phénix renaissait de ses cendres, un nouveau Chat renaissait encore pour continuer la première peine et être torturé de nouveau, s'il enfreignait les ordres de son redoutable maître.

Un samedi, deux personnes recommandables, passant tard sur le Cours, ont été témoins de ce fait extraordinaire, et le récit qu'elles en ont fait n'a pu que venir à l'appui de ce que l'on disait déjà de surnaturel.

Parfois on le voyait s'élancer de branche en branche, et poursuivre les oiseaux, qui voltigeant au-dessus de sa tête, semblaient se rire de ses vains efforts. Alors on entendait un gromélement pareil à celui d'un tigre irrité, des sons mystérieux sortaient de sa poitrine enflée, ses lèvres se contractaient avec rage, les poils qui les garnissaient se dressaient et se baissaient comme sa respiration, son corps se roulait en peloton, et ses yeux brillaient d'un éclat extraordinaire, même pendant le jour....

C'est alors que, trompées par l'attitude de l'animal, quelques personnes ont cru pouvoir avancer qu'il guettait sa proie et cherchait à s'en emparer : point du tout !

Le malheureux *Kalouiscrip* (c'était le nom de l'usurier) ne souffrait pas assez... il fallait que la présence et les reproches de ses anciens débiteurs vinssent ajouter de nouvelles souffrances à sa position déjà très torturante.

Le jour où l'œil avide de trouver le quadrupède aérien, le chercha vainement sur les cimes des arbres du Cours, fut celui de la délivrance de Kalouiscrip.

Son dernier créancier venait de mourir, et si l'on se le rappelle bien, le dernier jour où le Chat cessa de se montrer, un cortège funéraire passa sur le Cours. C'était celui d'une pauvre femme d'origine espagnole, qui un an auparavant avait mis en gage chez l'usurier une bague de noces du prix d'environ cent écus. Elle avait obtenu, sur ce dépôt, la modique somme de cinquante francs ; mais n'ayant jamais pu la rembourser, la bague resta entre les mains de l'usurier, et quant à elle, elle mourut bientôt de faim et de misère.

Kalouiscrip fut donc délivré, ainsi que nous venons de le dire d'après un thème populaire. La disparition du Chat donna encore lieu à quelques conjectures ; puis, comme c'est l'ordinaire en pareilles circonstances, on oublia tout.

Qu'on me permette de rappeler sa mémoire, et avant de dire ce que le hasard m'a fait découvrir sur son origine et sur sa vie, que l'on veuille bien souffrir encore une histoire qui n'a rien d'extraordinaire, et dont on garantit l'authenticité plus volontiers que celle de ce que nous avons déjà dit.

Quelque éclairé que soit un appartement, il se trouve toujours quelque coin qui ne reçoit pas sa part de lumière.

Il en est de même de notre société actuelle : quoique les flots bienfaisants de l'instruction aient détruit bon nombre d'abus et de préjugés qu'ils minaient sourdement depuis leur apparition, quoique le dix-neuvième siècle ait secoué les lambeaux de ses anciennes croyances superstitieuses, il est pourtant des endroits, des castes, des individus pour qui le bienfait n'a pas eu d'effet.

On ne sera donc pas étonné si, dans ce qu'on va lire, on trouve des scènes qui mériteraient place dans une histoire du moyen-âge, époque si bien et si tant explorée par d'ingénieux chroniqueurs.

A mon histoire donc, et si la patience de mes

lecteurs commençait à s'en effrayer, qu'ils se rassurent : elle sera aussi courte que possible, et la dernière, après quoi nous entamerons la biographie annoncée par le titre de cette brochure.

CHAPITRE II.

—

Une jeune Fille et deux vieux Bureaucrates.

> Dix-sept à dix-huit ans... un peu triste,
> un peu pâle, mais belle... belle comme les
> madones du Corrége.
>
> LÉON DE VILLERAY.—*Le Marche-pied.*

—

Nous sommes à Grasse, dans l'hôtel-de-ville,
bureau de l'état-civil.

D'abord une grille en bois et à longs balustres;
à gauche en entrant, de grands placards, à droite,
un poêle et une cheminée; au milieu, un massif bureau portant sur sa figure la date de ses longs ser-
vices; puis, de chaque côté de ce bureau, deux
figures de commis, pâles et blêmes comme carême.

L'un, celui de gauche, porte le cachet de commis dans tout son être: la manière dont il tient sa plume, dont il prend une prise et se mouche, la forme semi-ballonique de son chapeau, la coupe de son habit, la tournure de ses souliers, et de plus une petite grimace du nez qui lui est particulière, dénoncent, dans le frêle individu que nous avons devant les yeux, un commis-né, un commis par prédestination.

Il a la parole brève, le verbe haut ; et gare à ceux qui ont besoin de lui ! il daigne à peine leur parler, ne les regarde pas, et les écrase d'une importance qu'il se crée de la meilleure foi du monde.

Quant à l'autre, il a l'air plus rébarbatif, mais c'est le meilleur enfant du monde ; des favoris roux qui lui viennent jusques sur les yeux, et la moitié du bras gauche de moins, lui donnent l'apparence d'un brave mutilé en retraite, et le vieillissent de dix ans de plus. Il n'a pourtant jamais porté les armes, et il est encore tout jeune homme.

Ce que le premier commis fait par hauteur, celui-ci le fait par application à sa tâche. Chargé d'une partie importante, ou pour mieux dire, de toutes les parties de l'administration, il est d'une attention à désespérer quelquefois ceux qui ont besoin de son ministère.

Au reste, possédant au plus haut degré cette obligeance honnête qui devrait être une vertu de rigueur chez tous ceux avec qui le peuple a affaire.

C'est au premier que s'adresse une jeune fille à l'œil baissé et à la démarche tremblante.

Elle vient à peine d'entrer, et après avoir jeté timidement son regard sur l'un et l'autre commis, comme pour deviner quel sera le plus obligeant des deux, elle se décide à aller vers l'homme qui ne portait pas des favoris de sapeur, auquel il ne manquait pas de bras, et qui vraisemblablement devait être plus poli que l'autre.

— Monsieur.....

Mais le monsieur ne détourna seulement pas la tête.

— Monsieur, se hasarda-t-elle d'ajouter d'une voix émue, mais plus forte, pourriez-vous me dire...

Et le monsieur secoua la tête d'un air chagrin, arrêta un instant sa plume, et lui dit sans la regarder :

— Qu'est-ce que c'est? je n'ai pas le temps. Il se remit à écrire, et la jeune fille, après avoir regardé autour d'elle, se décida à aller vers la seule personne qui restât dans la salle.

Le dialogue se passe en provençal, et il est vraiment à regretter qu'on ne puisse le reproduire

dans cet idiôme : la naïveté et l'intérêt de la con-
versation y perdent beaucoup.

— Monsieur......

Mais le bon Laugier (il a ce nom) mâche plutôt qu'il ne répond.

— Hé !...

— Est-ce ici que l'on délivre les passeports ?

— Oui...

— Voulez-vous m'en donner un ?

A cette demande, Laugier se tourna du côté
d'elle, et lui dit :

— D'où êtes-vous ?

— De Grasse.

— De Grasse... de Grasse ! Et qui êtes-vous de
Grasse ?

— Françoise Maurin.

— Françoise Maurin ! La mémoire du commis
se trouva en défaut, car il fut obligé de demander de
nouveaux renseignements. Françoise Maurin ! et
quelle Françoise Maurin ? Est-ce celle qui avait
un mari taillandier chez Clérique ?

— Non. Connaissez-vous Magdelaine la folle ?

— Oui. Eh bien !

— Eh bien ! c'est ma marraine ; ma pauvre
mère, Dieu ait son âme en garde ! était sa sœur,
et mon père...

— *Raccommode des souliers, à l'angle des qua-*

tre coins, reprit le commis d'un air satisfait. Que ne me disiez-vous cela tout d'abord ! ajouta-t-il, en mettant sa plume entre les lèvres et en donnant, de la main qui lui restait, un coup sur le bureau.

—Où voulez-vous aller ? Êtes-vous majeure ?

— Je veux retourner à Marseille, d'où je suis arrivée il y a quelques jours.

—Et pour quoi y faire , fillette ?

—Pour y marier mon père.

—Votre père ! faire marier votre père ! dit d'un ton aigre-doux et en laissant choir sa plume, l'au- tre commis.

—Eh ! oui, marier son père, reprit Laugier. Vous ne savez pas, la mode est retournée : ici un pè- re est tenu de nourrir sa fille, et la marie quand il peut ; là-bas c'est tout différent : une fille nourrit toujours son père et le marie chaque fois qu'elle y trouve son avantage. Ah ! ah ! qu'en dites-vous, M. Loupvert ? Vieux pêcheur, vous devriez aller y faire un tour pour vous amender.

— Merci, M. Laugier ! je n'en ai pas encore envie. Mais contez-nous cela, la fille.

—Très volontiers, monsieur. J'étais partie, il y a environ un an, pour Marseille, avec une lettre de recommandation pour une vieille dame qui avait besoin d'une domestique ; je fus fort bien accueillie lorsque je me présentai, et dès le jour même je fus regardée comme faisant partie de la maison...

Quelque temps après, le choléra survint, et le mari de ma maîtresse, vieillard infirme, fut une de ses premières victimes. Le vide que sa mort laissa dans la maison nous plongea dans la plus grande tristesse, et depuis lors ma maîtresse vécut dans des alarmes continuelles. La peur me gagna aussi, et nous n'osions plus nous quitter, même pour aller d'un appartement à un autre; lorsqu'il fallait que je sortisse pour aller au marché, à mon retour je la trouvais pâle, baignée de larmes et effrayée, comme si elle avait eu un mort à sa poursuite.

Tout cela m'affligeait, mais je ne pouvais rien y faire; moi-même je manquais très souvent du courage que je cherchais à lui donner.

Un matin elle m'appela de son lit: son visage était moins triste qu'à l'ordinaire, et, chose qui ne lui était pas arrivée depuis long-temps, elle se prit à sourire en me regardant.

—Écoute, Françoise, me dit-elle, en se levant sur son séant et en me prenant les mains.

Assieds-toi, et écoute mon songe de cette nuit: il m'annonce sans doute quelque chose, et quand tu l'auras entendu, tu me donneras ton avis.

Il me sembla que mon pauvre mari n'était point

mort. Appuyé sur sa canne à pomme d'ivoire, et moi appuyée sur son bras, nous venions de faire, pour la vingtième fois peut-être, le tour de la grande allée du jardin, lorsqu'arrivés près du puits, il dégagea vivement son bras du mien, recula de quelques pas, et s'accoudant sur le bord, il me dit en me regardant avec douceur :

—Ma bonne, c'en est assez pour moi... j'ai assez vécu, et quoi qu'il m'en coûte, il faut que je te quitte. Ne vas pas t'effrayer : je ne fais que te précéder dans la demeure où nous serons réunis pour l'éternité.

Prends, pour le peu de jours qui te restent encore à vivre sur cette terre, un compagnon qui t'aide à en supporter le poids, et qui te protége contre les accidents auxquels est sujette une faible femme.

Alors il a disparu comme une ombre, et je me suis éveillée en sursaut.

Tu m'as parlé, ma fille, de ton père ; il n'est pas riche, m'as-tu dit, mais il est honnête, c'est tout ce qu'il faut ; nous sommes à peu près du même âge, nos inclinations se conviendront aussi. Pars, vas le chercher, amène-le moi, et que le jour de son arrivée soit aussi celui où je pourrai t'appeller ma fille d'une manière plus intime. C'est la volonté de mon pauvre défunt, qu'elle soit faite !

3

Après quoi, m'ayant donné sa bénédiction pour me garder de tout encontre, et beaucoup d'argent pour faire ma route, je suis partie et me voilà.

J'ai laissé auprès d'elle Jean le cocher, qui m'a promis d'en avoir bien soin, et de me la rendre à mon retour comme je la lui ai laissée.

Après cette historiette, racontée avec assez de grâce, la jeune fille obtint son passeport ; son père, vieux savetier s'il en fût jamais, abandonna ses savates, son angle des quatre coins, et le même jour père et fille partirent pour Marseille la riche.

CHAPITRE III.

Un Rêve de vieille Femme.

Il arrive parfois qu'un rêve coïncide
avec les événements de la manière la
plus bizarre et la plus surnaturelle.

—Approche, ma fille, enlève ce fichu qui du fauteuil traîne sur le sol, prends cette chaise... viens
la mettre ici près... assieds-toi, prête-moi toute
ton attention, et prépare-toi à entendre la chose
la plus inouïe qui puisse arriver à une femme vivant bien, aimant son prochain, faisant l'aumône
une fois par semaine, observant jeûnes, et par-
dessus toutes choses, craignant Dieu, son père
et son sauveur.

As-tu vu le Chat?

—Le Chat! répondit la jeune domestique, à laquelle une vieille dame aux yeux chassieux et à la mine contristée, faisait cette question du lit où elle était à demi-couchée.

— Tu n'as pas vu le Chat? ajouta la vieille dame en se levant tout-à-fait sur son séant.

—Mais non.... du moins, pas encore...

—Patience!... tu ne le verras que trop tôt. En attendant, il est urgent que je te fasse connaître mon deuxième rêve, comme je t'ai fait connaître mon premier : c'est pour cela que je t'ai fait venir ici.

A ces mots, madame veuve Baucham toussa un peu, fit de vains efforts pour cracher, s'arrangea de son mieux contre les coussins qui entouraient sa tête, et regardant Françoise Maurin avec componction, elle commença en ces termes :

—Nous sommes de grandes pécheresses; mais la miséricorde de Dieu est infinie.

Quelque indignes que nous en soyons, il se plait à nous révéler sa volonté par des moyens surnaturels.

Le deuxième jour de ton départ, ma chère fille, il était neuf heures du soir; j'étais là, à la même place, et presque dans la même posture. Je songeais à toi, au motif qui avait nécessité ton voyage.... La lampe, faute d'être garnie convenablement, ne jetait plus qu'une faible clarté, et semblait sur le point de s'éteindre... Jean était rentré depuis long-temps et avait fermé toutes les portes; il régnait dans la chambre un silence profond.... Je commençai à voir péniblement; mes paupières se baissèrent involontairement, et malgré les efforts que je faisais pour me tenir éveillée, un sommeil profond s'empara de moi.

D'abord tout fut confusion et horrible chaos dans mes idées; puis il me sembla qu'après avoir été portée avec vitesse dans les airs, je fus déposée doucement à terre, sous un bel arbre dont le feuillage m'était inconnu, et en face d'un homme que je reconnus pour mon mari lorsqu'il eut rejeté en arrière les longs cheveux blancs qui lui flottaient sur le visage....

Je voulus me précipiter vers lui; mais, sans quitter le banc de pierre sur lequel il était assis, il me repoussa du geste en me disant:

— Femme, nous ne pouvons pas être encore réunis !... Que la volonté de Dieu soit faite !

Ceci t'arrive parce qu'il le veut; profite de l'avertissement... Femme, tu vas te marier; prends garde ! les folies se font plus facilement qu'elles ne se réparent...

A ces mots il disparut. Son front paraissait

irrité ; la foudre éclata avec force , les vents se déchaînèrent avec impétuosité , l'arbre sous lequel j'étais craqua avec violence, et voulant éviter d'être écrasée sous ses débris qui volaient en éclats, je me mis à fuir.... mais un large précipice s'ouvrit sous mes pas, la terre s'éboula tout à mon entour, et je tombai au fond de l'abîme, après avoir été déchirée par les pointes des rochers que j'accrochais au passage....

J'étais tombée sur le plancher, et lorsque je revins à moi, Jean me prodiguait ses soins, et cherchait vainement à deviner quel pouvait être le motif de mon accident.

Ajouterai-je encore une chose ? Hier, je revenais de la bénédiction ; en passant sur le Cours, je crus reconnaître, sur un banc de pierre, mon mari tel que je l'avais vu en songe...Je faillis m'évanouir, et pour ne pas tomber, je m'appuyai contre un arbre.

Ses yeux avaient rencontré les miens, et quelque frayeur qu'il me causât, son regard me fascinait au point que je n'osai fuir.

Alors il s'approcha de moi, appuya sa main glacée sur mon front et me dit :

—Prends garde à toi, femme !

Je reculai d'horreur, et n'étant plus maîtresse de ma frayeur, je jetai un cri qui attira la foule de mon côté.

Vainement on me demanda la cause de mon exclamation; j'avais la langue liée; mon mari venait de se transformer en Chat, avait grimpé avec légéreté sur l'arbre, et moi, je ne pus que montrer la branche élevée sur laquelle il s'était réfugié, et d'où ses yeux m'envoyaient des étincelles flamboyantes.

On me prit pour une folle, et la foule s'étant dissipée peu à peu, je repris le chemin de la maison, où j'ai eu le temps de faire beaucoup de réflexions sur mon rêve et sur cette rencontre extraordinaire.

Epouserai-je ou n'épouserai-je pas ton père?. .

. . . .

Telle fut la question que posa madame veuve Baucham en finissant, et cette question fut, séance tenante, débattue, approfondie et résolue enfin de la manière suivante par le duo féminin.

Nous ferons grâce des débats, des *pour*, des *contre*, des *si* et des *mais*.

—Si le défunt, dirent-elles, n'approuve pas le mariage projeté, il cherchera encore à le faire comprendre. Allons au-devant de lui.

Nous consacrerons un cierge de six livres à Saint-Jean; il sera allumé le soir, et s'il s'éteint avant qu'il soit consumé en entier...

Preuve que le mariage est impossible!

Si, au contraire, le lendemain, en entrant dans l'église, le cierge est consumé jusqu'au bout, le mariage sera regardé comme permis, et il aura lieu aussitôt après.

Le cierge brûla en entier, madame veuve Baucham devint l'épouse de l'ex-savetier Maurin, et ce dernier entra en possession d'un bien-être assez considérable. Puis... puis il arriva ce qu'on verra dans le chapitre suivant, si toutefois on a le courage de le commencer.

CHAPITRE IV.

—

Encore un Rêve et une... Mort!...

> Ida ! mon sujet n'est pas encore épuisé, mon rêve n'est pas fini.
>
> BYRON.

Madame veuve Baucham avait soixante ans quatre mois deux semaines et deux jours lorsqu'elle fut unie au sieur Maurin, devenu *Monsieur* dans toute la force du terme. On conçoit donc, d'après le compte exact de son âge, qu'elle ne s'était point mariée par passion, par... que dirai-je enfin? qu'elle n'avait point pris un mari pour qu'il fût réellement et entièrement son mari.

Eprouvant, comme toutes les veuves, un isolement qui contrariait toutes ses habitudes et qui la mettait trop souvent seule avec elle-même, elle avait voulu en sortir en contractant de nouveaux liens, qu'elle ne regardait pas, après tout, comme indispensables pour elle-même, mais qu'elle jugeait nécessaires pour justifier aux yeux du monde la présence d'un homme, vivant dans sa maison sur le pied d'une grande intimité.

On ne sera donc pas étonné d'apprendre que monsieur avait sa chambre, et madame la sienne.

Or, madame étant, le lendemain de ses noces, seule dans son lit, tira le cordon d'une sonnette, et la porte s'ouvrant quelques instants après, donna passage à Françoise.

Bonne fille s'il en fut jamais, elle avait changé de position avec joie, mais sans rien changer à ses habitudes. Sa toilette avait à peine subi un léger changement, et comme autrefois, elle apportait le café au lait à son ancienne maîtresse, devenue maintenant sa mère d'adoption.

—Bonjour, madame! dit-elle en entrant, avez-vous passé une bonne nuit?

—Je te remercie, ma fille : très mauvaise, et la nuit a été bien longue pour moi.

—Vous avez été malade?

—Non pas précisément, mais j'étais dans un si

grand malaise, que plus d'une fois j'ai été tentée de t'éveiller pour t'engager à venir me tenir compagnie.

— Que ne le faisiez-vous?

— J'en avais bien envie, mais je me suis dit : elle doit dormir de si bon cœur qu'il serait barbare de l'éveiller ; et alors je me suis décidée à m'ennuyer seule... Mais il faut que je te conte cela.

— Tout en prenant votre café, dit Françoise en avançant la tasse.

—Non pas, ma fille, je ne me sens aucune disposition à cela. Quitte le bol sur la cheminée.... Prends garde de salir les écrans...

Fais donc, te dis-je, ajouta-t-elle en voyant que Françoise hésitait, et viens t'asseoir à mon chevet : j'ai encore un rêve à te raconter.

Je crains bien que nous n'ayons mal fait en consommant ce mariage, et...

Françoise l'interrompit pour lui dire : Mais le cierge a brûlé jusqu'au bout!

—C'est vrai, dit la vieille en s'arrangeant sur ses oreillers ; mais, vois-tu, il y a quelque chose là-dessous... Hier, je ne sais ce que j'avais, mais j'ai été inquiète toute la journée ; malgré moi je songeais au Chat, et tous mes efforts pour le chasser de mon imagination ont été vains : j'avais toujours devant les yeux sa mine irritée et ses yeux flamboyants. Enfin....

Ici la vieille dame baissa la voix , et Françoise frissonna comme un enfant auquel on va finir un conte de revenant, commencé la veille.

—Enfin, cette nuit j'ai fait un rêve qui fait suite aux autres, et qui ne m'annonce que malheur...

Ecoute, il est très court, mais effrayant; il m'a tenue toute la nuit en éveil, et toute la nuit j'ai médité sur cette étrange fatalité, qui depuis quelque temps me montre mon pauvre mari irrité d'un mariage, qu'il me conseilla lui-même la première fois qu'il m'apparut.

Françoise, dont le courage n'était pas à toute épreuve, se serra instinctivement contre le lit, et saisit fortement les couvertures de ses deux mains.

—Tu venais de me quitter ; vainement j'appelai le sommeil, il fuit mes paupières pendant long-temps; enfin je m'assoupis, et une espèce de rêvasserie succéda au malaise que j'avais éprouvé jusqu'alors.

Puis, à mesure que mes idées devinrent plus claires, il me sembla que je sortais d'un long sommeil qui m'avait beaucoup affaiblie.

J'étais dans une chambre décorée avec beaucoup de goût, je dirai même avec magnificence.

La fenêtre était ouverte, des plantes grimpantes présentaient le calice de leurs fleurs jusqu'au balcon en fer qui la garnissait , le soleil se levait resplendissant, les oiseaux chantaient sur les toits et sur les arbres voisins, et l'air qui entrait largement dans la chambre était si pur, et si frais, que j'eus envie de sortir pour jouir de la matinée.

Je me trouvai dans un beau et vaste jardin, orné de statues et de fontaines... Puis...

Ici madame Maurin porta la main à son front comme pour rappeler ses souvenirs.

—Puis... reprit-elle, je ne sais comment cela se fit, jardin, fontaines et statues disparurent à mes yeux, et je me trouvai sur le Cours, à cette même place, vis-à-vis le même arbre dont je t'ai parlé dans mon rêve précédent.

Mon mari y était aussi, toujours sur le même banc de pierre, toujours aussi irrité et me lançant des regards foudroyants.

Cette fois sa chevelure était sale, et son visage portait des traces de sang.

—*Femme*, me dit-il d'un ton sépulcral, *tu as désobéi... tu porteras la peine de ta désobéissance! Vois,* et il m'indiqua l'arbre, *je ne quitterai cette place que lorsque ta maison sera vide de tous ceux qui l'habitent à présent.*

Puis il étreignit ma main comme dans deux morceaux de fer brûlant, et reprenant la figure d'un Chat, il grimpa sur l'arbre.

La douleur que j'avais ressentie devint si forte,

que, pour rafraîchir ma main, je la plongeai dans une des fontaines qui se trouvent des deux côtés du Cours. Je me mis ensuite à pleurer si abondamment, que le hoquet me saisit, et qu'en m'éveillant le traversin était humide comme si l'on y avait jeté de l'eau.

Quels malheurs nous annonce ce rêve, et quels seraient les moyens de les prévenir ?

Françoise, ayant des idées assez étroites sur toutes choses, ne vit d'autre parti à prendre que celui d'avoir recours à l'église : c'était son *refugium* en tout et pour tout. Aussi, se voyant interpellée et sommée de donner son avis, elle n'hésita pas à dire qu'il fallait conjurer l'ame du défunt en faisant dire trois messes à son intention et en lui élevant un tombeau en pierres de taille.

Les messes furent dites, le tombeau fut commandé le même jour, et soit hasard, soit ce qu'on ne saurait comprendre, M. Maurin mourut subitement le soir même, sans qu'on ait jamais pu dire pourquoi ni comment.

Ainsi, le lendemain de son mariage, madame Baucham se trouva veuve pour la deuxième fois; Françoise, en trouvant une mère, perdit son père, et la même fosse qui avait reçu M. Baucham s'ouvrit pour faire place à M. Maurin.

*
* *

CHAPITRE V.

—

Une vieille Dame de moins.

> Faute de connaître les causes des évé-
> nements, il arrive qu'ils nous apparaissent
> sous le prestige du merveilleux, et pour cela
> même nous ne leur accordons qu'une in-
> crédulité aveugle et obstinée.

Nous sommes encore dans la chambre de madame veuve Baucham.

Elle est encore couchée, quoiqu'il soit plus de
dix heures, et le nombre de tasses, de soucoupes,
de petits paquets déposés sur la table de nuit, et
renfermant du thé ou d'autres drogues , dénote
qu'elle est malade.

Et en effet, elle a passé une bien mauvaise nuit.
Vers 11 heures, Françoise a été obligée de se lever : madame n'avait pas sonné ni ne sonnait pas,
mais il se faisait un tel bruit dans sa chambre,
que la pauvre fille ne douta pas que des voleurs
ne se fussent introduits dans sa chambre. Les
meubles étaient remués violemment, des soupirs
étouffés la glaçaient d'épouvante; aussi, craignant
pour la vie de madame Baucham, et sentant que,
seule, elle lui serait d'un faible secours, elle ouvrit
sa croisée et se mit à crier au *voleur* et à l'*assassin!*

A ses cris quelques voisins s'éveillèrent et ac-
coururent pour porter des secours là où ils
croyaient qu'il en était besoin. Les locataires de
la maison de madame Baucham furent sur pied,
et ayant ouvert à ceux que les cris de Françoise
avaient attirés dans la rue, ils se hâtèrent de se di-
riger vers l'appartement, que la jeune fille leur
indiquait comme le théâtre d'une scène de sang.
On frappa à diverses reprises à la porte sans que
personne répondît; seulement quelques soupirs
faibles comme ceux d'un agonisant s'échappaient
par intervalles, et venaient leur faire concevoir
d'horribles soupçons.

On voulut entrer, mais la porte résista aux
tentatives que l'on fit pour l'ouvrir. Pourtant la
clef était en dehors, et de plus Françoise certifiait
qu'il n'y avait point de verrou intérieur, madame

ne l'ayant jamais jugé nécessaire, mais ayant voulu qu'on pût entrer dans sa chambre à toute heure de la nuit, et chaque fois qu'il en serait besoin.

D'un commun accord la porte fut enfoncée, et le premier objet qui s'offrit à leurs regards, fut Madame Baucham étendue sur le carreau, les cheveux et sa mince toilette de nuit dans le plus grand désordre.

Quelques gouttes de sang se montraient sur sa figure; ses jambes et ses bras étaient meurtris, et sa main droite serrait avec force un débris de meuble, qui paraissait avoir servi d'instrument défensif dans une lutte violente.

Nulle chaise, nul fauteuil n'était à sa place; la plupart étaient renversés, et les débris de la pendule ainsi que de deux bouquetiers gisaient à côté d'une table dont deux pieds s'étaient brisés en tombant à terre, et étaient venus former arc-boutant contre la porte.

Un des spectateurs observa et fit observer à tous ceux qui étaient présents qu'une des fenêtres était ouverte, et en examinant plus attentivement, on s'aperçut que le rideau de droite portait l'empreinte de taches de sang juste à un endroit déchiré, et comme si quelqu'un s'y fût essuyé les doigts en passant.

Un soupir douloureux vint arrêter leurs conjec-

4

tures, et l'on s'empressa d'aider Françoise à mettre madame Baucham dans son lit.

La pauvre fille était toute en larmes, et dans son empressement, elle avait si peu songé à sa toilette, que lorsque le premier moment de surprise fut passé, elle devint toute honteuse en s'apercevant qu'elle était à demi-nue devant une douzaine de personnes.

Elle se hâta de gagner son appartement, et rejoignit bientôt quelques obligeantes et courageuses voisines qui s'offrirent de veiller le restant de la nuit, pendant que leurs maris, armés de tout ce qu'ils purent trouver, allèrent visiter la maison du haut en bas, sans rien trouver.

Tout le monde se retira, excepté les voisines dont nous avons parlé; de concert avec Françoise, elles eurent le plus grand soin de madame Baucham, qui revint à elle, parut étonnée de voir tant de monde à son chevet, but avec avidité le thé qu'on lui présenta, et s'endormit en faisant des efforts pour se rappeler quelque chose qui lui échappait constamment.

C'était à ce moment-là que nous en étions au commencement de ce chapitre; reprenons-le, et observons ce qui va se passer encore.

Le sommeil de madame Baucham, d'abord tranquille, devint très agité. Des paroles sans suite sortent de sa bouche; fréquemment elle lève les mains en l'air et les agite comme pour repousser quelque chose qui la poursuit; enfin, elle pousse une exclamation et s'éveille en regardant ses voisines d'un air effaré.

Sa physionomie ne devient tranquille que lorsqu'elle a aperçu Françoise. Un éclair de satisfaction anime son regard, et du geste elle l'invite à venir près d'elle.

Les voisines comprenant qu'elle pouvait avoir quelque chose de secret à dire, et d'ailleurs voyant qu'il n'y avait plus aucun danger, se décidèrent à sortir.

En conséquence, l'une d'elles fit signe à Françoise, la prévint de leur intention, et lui fit promettre de venir leur raconter tout ce qu'elle allait apprendre; après quoi elles descendirent lentement l'escalier en raisonnant à voix basse sur un événement, qui leur permettait de donner carrière à leur imagination.

Lorsque le bruit que fit la porte en se fermant eut annoncé qu'elles étaient dans la rue, madame Baucham appela :

— Françoise!...

Et Françoise s'empressa de se pencher sur le lit pour demander ce qu'elle désirait.

— Arrange ces coussins sous ma tête.... Mets-

moi un peu sur mon séant, car je me sens si faible, que je ne pourrais le faire moi-même ; puis
tu t'assiéras auprès de mon lit, j'ai quelque chose
à te dire.

Françoise exécuta ponctuellement les désirs
de sa maîtresse, et lorsque tout fut fait ainsi qu'elle
l'avait dit, elle poussa loin du lit la table à rou-
lettes sur laquelle on avait déposé les tasses, et
vint se placer sur le fauteuil.

Madame Baucham joignit les mains, se recueil-
lit quelques instants et commença en ces termes :

—Tout ce qui m'est arrivé, tout ce qui m'arrive
est si fort au-dessus de mon intelligence, que parfois mes rêves, je les prends pour des réalités, et
que je suis tentée de prendre pour des rêves ce
qui m'arrive réellement.

Mon aventure de cette nuit a laissé des mar-
ques trop matérielles pour me laisser aucun doute,
et pourtant, malgré la présence de ce monde qui
vient de sortir, le bouleversement de ma chambre, tes yeux rouges qui m'indiquent que tu as
pleuré, et les taches de sang que je viens d'a-
percevoir sur les draps, malgré tout cela, dis-je,
telle est l'incertitude dans laquelle je suis, que
je doute du passé, crains l'avenir et me méfie du
présent.

Je ne te ferai point de questions.... Ma tête se

perd.... J'ai un pressentiment secret qui me dit que je ne vivrai pas long-temps.... Il me l'a dit...

La vieille dame se tourna du côté du mur avec un mouvement convulsif, et la tête sous la couverture, elle prononça ces mots:

A demain!... ce sera ton dernier jour.

Françoise était effrayée, elle entendit à peine ce qui venait d'être dit d'une manière rauque ; mais s'imaginant que madame Baucham allait se trouver mal, elle lui arracha les couvertures dont sa tête était enveloppée en criant au secours.

Mais celle-ci saisit son bras avec une de ses maigres mains, tandis que de l'autre elle lui ferma la bouche.

Il y eut un moment de silence et presque d'effroi, après quoi Françoise se laissa couler sur le fauteuil en pleurant, et madame Baucham, qui ne s'en aperçut pas, continua :

— Contre mon attente, lorsque tu m'eus quittée hier au soir, je m'endormis assez vite et assez paisiblement.

Malheureusement cet état de tranquillité ne dura pas. Depuis long-temps, quoique à moitié endormie, il me semblait que l'on faisait du bruit dans ma chambre. Lorsque cet état de somnolence eut cessé, j'ouvris peu à peu les yeux, et

grand fut mon étonnement lorsque j'entrevis une
lumière sourde ; et plus grand fut mon effroi,
lorsque m'étant redressée sur mon lit pour voir
d'où venait cette clarté, j'aperçus en face et
à deux pas de moi, un homme qui versait le
contenu d'une fiole dans un verre.

Je n'eus pas la force de crier, mais je m'enfon-
çai vivement sous les couvertures.

Peu d'instants après je les sentis soulever doucement d'abord, puis avec violence....

Mes efforts furent vains : la main qui tâchait
de me découvrir faisait fléchir la mienne sans
peine, et les draps glissaient entre mes doigts
crispés et meurtris.

Il fallut le regarder, car il approcha sa détes-
table figure de la mienne, si près que je sentais
son haleine se tiédir sur mes joues.

Vois-tu, ma bonne, je te le répète encore, ce
qui m'est arrivé est si étrange, que parfois je
doute si je n'ai pas rêvé ; et lors même que j'ai
commencé mon récit avec le plus d'assurance,
je ne sais au bout d'un certain temps si je dois
continuer, et si je ne mérite pas d'être traitée de
visionnaire.

Enfin, ma chère, je vais continuer, quoique je
me sente d'une faiblesse à me faire trembler.—
Donne-moi quelque chose, je crois que je vais me
trouver mal.

En effet, madame Baucham changea subitement de couleur. Sa figure si pâle devint purpurine, puis olivâtre, sa respiration oppressée, et le frisson de la fièvre parcourut tous ses membres, pendant que ses yeux tournoyaient affreusement dans leurs orbites.

Françoise se trouva dans un embarras cruel. Elle ignorait ce qu'il était convenable de faire en pareille circonstance, et les contorsions qui agitaient sa maîtresse l'effrayaient d'autant plus, qu'elle ne l'avait jamais vue atteinte de pareille maladie.

A tout hasard elle lui fit avaler quelques cuillerées d'un sirop qui tomba sous sa main, et eut lieu de s'en applaudir, car elles rendirent le calme à madame Baucham, qui une heure après se trouva en état de continuer ce qu'elle avait commencé.

— Lorsqu'il m'eut forcée à le regarder, *Madame, me dit-il, tout le monde dort dans cette maison; mes précautions sont prises pour que personne ne puisse venir à votre secours, et votre seul et meilleur parti est celui de la résignation....*

J'étais stupéfaite, car sa voix ressemblait à celle de mon premier mari.

Il continua, et moi, de plus en plus frappée de ce son de voix, je cherchai à apercevoir ses traits à travers le long manteau noir qu'il avait rabattu sur sa tête.

Il faut me suivre....

Je n'eus même pas la force de faire un geste négatif.

Il me prit alors une main, et la serrant avec force, il me dit:

N'avez-vous donc point entendu, madame? il faut me suivre.... Vos jours ont été comptés en ce monde, et vous en êtes au bout.

Je ne répondis rien, car ma langue était comme fixée dans le palais; mais je me débarrassai de sa main et sautai de l'autre côté du lit.

Alors commença entre nous deux une lutte dans laquelle je prévoyais que je succomberais.

Le désespoir doubla mes forces; je courus vers la fenêtre, que j'ouvris précipitamment; j'essayai de crier au secours, mais inutilement...

S'apercevant de mon intention, il courut pour me saisir; je lui échappai encore, et à la faveur des meubles à travers lesquels je me glissais, ma défense aurait été plus longue s'il ne m'avait jeté une chaise à travers les jambes; je tombai.... et alors j'ignore ce qui est arrivé.... Il me semble qu'il chercha à m'entraîner... Et puis à un grand bruit succéda un grand silence et une profonde obscurité.

Le reste je l'ignore complétement.

C'est-à-dire, j'avais oublié qu'avant de dispa-
raître, il m'avait crié :

A demain, ce sera ton dernier jour !

Madame Baucham n'eut pas plutôt achevé ces
paroles, que son regard se fixa au plancher, ses
mains s'agitèrent convulsivement, les traits de
son visage se contractèrent fortement, son corps
se plia en deux, et après avoir lutté quelque temps
dans une pénible agonie, elle rendit le dernier
soupir.

CHAPITRE VI.

—

Une malheureuse de plus.

❋

> .... Nessun maggior dolore, che ri-
> cordarsi del tempo felice nella miseria.
>
> DANTE.

Qu'est devenue Françoise?

Un testament d'une date très antérieure à cet événement l'a privée d'un héritage qui lui serait revenu sans nul doute, si madame Baucham avait eu la faculté de tester encore une fois.

Sans père, sans appui, sans ressource, l'imagination troublée par les récits extraordinaires de sa maîtresse et par sa mort tragique, elle est devenue insensée.

Sa folie n'a rien de méchant, on dirait une personne tombée en enfance: c'est sans doute à cela qu'elle a dû de n'avoir pas été renfermée dans une maison de détention.

Elle fit le voyage de Marseille à Grasse à pied, vivant de la charité publique; et pour qu'elle ne fût pas malheureuse à demi, Dieu lui a envoyé encore une tribulation de plus.

Soit parce qu'elle couche très souvent en plein air, exposée à toutes les intempéries de la nuit, soit que cela ait dû lui arriver pour toute autre cause, elle est devenue aveugle.

La première fois que je l'ai rencontrée, ç'a été sur un pont du côté de Mouans (1). Je connaissais une grande partie de son histoire; ma bonne étoile voulut qu'elle fût dans un de ses moments de lucidité.

A toutes mes questions elle répondit d'une manière qui m'étonna; et quand je lui demandai si elle avait des parents, elle secoua tristement la tête et de sa main gauche me montra le ciel.

—Comment faites-vous pour manger?

—Je demande l'aumône.

— Mais lorsque cette ressource vous manque?

—Rarement, monsieur; les passants savent que

_____

(1) Petit village à deux lieues de Grasse.

je suis une bonne fille qui priera pour eux, et il faut qu'ils n'aient rien pour ne me donner rien.

— Mais enfin, lorsque cela arrive ?

— Quand cela arrive..... je m'en passe.

— Et quand vous avez bien faim ?

— Oh ! alors... je choisis parmi toutes les herbes de la campagne, et je mange.

— Où couchez-vous ?

— Partout où je trouve deux sarments pour mettre sous ma tête.

— Et lorsqu'il pleut ?

— Quand il pleut !... Voyez ce pont, les hommes sont si bons, qu'ils l'ont construit pour moi. C'est ma terrasse, où je prends le soleil et où je fais sécher ma robe ; c'est ma chambre où je dors au milieu des grillons qui chantent pour moi seule.

Elle se prit alors à rire pendant quelques moments ; puis son visage prit une expression de profonde mélancolie, et me prenant le bras, elle me dit à voix basse et l'index sur la bouche:

— C'est ici que ma bonne maîtresse doit venir me chercher; alors j'aurai de beaux habits et une voiture. Mais vous, dites-moi, vous ne l'avez pas vue ?

Elle secoua la tête avec une coquetterie charmante et continua :

— Elle n'est pas bien vieille, et porte la douceur

sur sa figure. Oh! écoutez, je vous en prie : si vous la voyez, dites-lui que je l'attends...

Et depuis long-temps, ajouta-t-elle en poussant un profond soupir, et en se dressant sur la pointe du pied.

Puis elle s'assit tristement et resta muette à toutes les questions que je tentai de lui faire encore.

Ainsi donc, parmi tous ceux qui se sont occupés du Chat, il n'en est peut-être pas un seul qui se soit douté que l'innocent quadrupède ait été la cause innocente de tant de malheureux.

Par un concours de circonstances assez singulières, il m'était donné de découvrir ce que peu de personnes connaissent, et de rendre publique une historiette qui aurait pu être racontée avec plus d'intérêt.

Passons maintenant à l'histoire du Chat, que nous avons promise, et qui a été retardée par la précédente.

CHAPITRE VII.

—

Une pauvre Famille.

❋

Quand l'hiver est venu, lorsque le vent qui gronde
Chasse tous les passants comme la feuille ou l'onde,
Que le givre se penche aux corniches des toits,
Riches, qui ne quittez votre famille heureuse
Qu'enveloppés des plis de l'hermine soyeuse,
Dans vos courses du soir arrêtez-vous parfois.

BAPT. DES GRANJOUNES.

Il est au-dessus de la basse Provence, en allant
du côté de Castellane, et en s'approchant des
frontières du Piémont, un pays montagneux,
abrupte, inégal, peu fréquenté des hommes et des
animaux, si l'on en excepte quelques loups que la

faim fait descendre des régions supérieures, à l'é-
poque des neiges.

Ce pays a vu s'élever anciennement des villages dont le plus grand nombre s'en va et dispa-
raît peu à peu par la misère, comme la neige à
un soleil ardent.

Ces villages ont nom *Caille, Brunet, Saint-Auban, Briançonnet, Gars, Collongues, Amirat,
Aiglun, les Sausses et Mas.*

Tous renferment de grandes beautés: non point
de ces beautés vulgaires, fabriquées par la main
des hommes ou façonnées à sa taille, mais de celles
qui saisissent, émeuvent, élèvent une ame contem-
plative, lui font croire en une autre vie et rêver
à un créateur de toutes ces choses.

Si ce n'était que cela m'écarterait trop de mon
sujet, que j'aimerais à vous faire parcourir et
compter une à une toutes les merveilles sauvages
de ce pays peu connu, peu exploré à cause de ses
précipices, et n'ayant sa place sur la carte du dé-
partement qu'à cause de l'impôt qui pèse sur ses
malheureux habitants!

Que de cascades magnifiques tombant d'une
hauteur prodigieuse! Quelles grottes brillantes
du travail de plusieurs siècles, continuées par
les eaux qui glissent goutte à goutte à travers les
fissures des rochers!... Quel fracas, quel bruit
étrange dans le torrent, qui d'abord se trahit à

peine, grossit ensuite et envahit, en conquérant, les terrains voisins ; puis court, bondit, renverse tous les obstacles, roule les rochers les plus gros, comme le vent se jouerait d'une plume légère ; les tourne, les retourne jusqu'à ce qu'il aille les briser contre le flanc de la montagne !... Que de creux, que de bosses, que d'accidents plus pittoresques les uns que les autres ! Que de coquillages marins implantés dans la terre, identifiés avec le rocher et gisant dans des endroits où il paraît impossible que la mer ait jamais pu lancer ses vagues !

Que c'est beau ! que c'est magnifique ! –

Ici c'est une montagne formée d'un seul rocher coquilleux, effroyablement coupé à pic, qu'il faut gravir verticalement à l'aide d'escaliers interrompus, étroits, chancelants en certains endroits, suspendus comme par artifice dans d'autres, et adossés contre le roc comme des nids d'aigle. Là c'est Saint-Auban, avec sa gigantesque montagne fendue du haut en bas, présentant un chemin contourné dans les flancs du gouffre entrouvert par une secousse surnaturelle. Dieu ! que l'on est petit devant un pareil tableau, et comme l'on crierait volontiers : *Vanitas vanitatum !*

Et si je v....

Mais je m'oublie.... Il y a long-temps que j'ai

5

déposé le sac et le bâton de voyageur. Quelque plaisir que trouve le pélerin à évoquer les sensations qu'il éprouva jadis, il peut fort bien ne pas en être de même pour tout le monde; et surtout, maintenant que j'y pense, pour ceux qui attendent après l'histoire d'un Chat, et non après une description de pierres, de sable et de coquilles.

Mas, c'est le seul village dont nous nous occuperons, donna naissance à notre Chat, ou du moins le vit croître et embellir dans la chaumière où il fut apporté d'Aiglun.

Ce pays, rongé sans cesse par la misère, qui s'attache à lui comme un hideux cancer, voit tous les jours ses maisons s'écrouler, et ses habitants, émigrant par tribus nombreuses, aller chercher dans d'autres endroits un refuge contre la faim.

Un soir toute une famille était réunie autour d'une large cheminée. De lampe.... pas n'y en avait; mais de minces morceaux de pin gras brûlaient sur un crochet en fer fixé dans le mur du foyer, et éclairaient de leur flamme bleuâtre les figures silencieuses pressées autour d'un bienfaisant feu de ramée sèche (1).

(1) Dans ce pays, type d'une misère peu commune, on ne brûle pas d'huile; les plus riches en mangent rarement, à cause de sa cherté, et le curé est à peu près le seul à en faire un usage journalier. Pendant trois mois que j'y suis resté, on n'a jamais tué que deux chèvres, et encore ne le furent-elles que parce qu'elles s'é-

Alors la porte cria sur ses gonds à moitié brisés, et un homme au visage pâle , aux vêtements
déchirés, vint tristement s'asseoir à la place qui
se forma spontanément au milieu du cercle.

Cet homme, c'était le chef d'une famille misé-
rable. Lentement il promène ses regards sur tous
ces fronts inquiets, à la dérobée il les observe,
lève les yeux vers le ciel, joint les mains avec
abattement et frappe violemment du pied, lorsqu'à toutes ses investigations les physionomies
qu'il a devant lui répondent:

·· *Nous avons faim.....*

Il y a un moment de silence et d'inquiétude ,
pendant lequel sa femme se penche doucement
vers lui, et lui prenant les mains, lui dit :

—Tu n'as donc rien trouvé?...Rien, Jonathas...
· —Rien !... rien !...rien du tout, répond celui-ci
d'une voix sourde, et pas d'espérance de trouver...
Tous ceux auxquels je me suis adressé sont aussi

---

taient blessées en tombant du sommet d'un rocher. J'étais obligé
de tirer la viande, généralement toutes les provisions, et même le
pain, de Saint-Auban. Pour se procurer un éclairage économique,
ils fendent en lattes très minces des branches d'un pin gras qui
abonde dans leurs montagnes. Chaque cheminée est pourvue, sous
une des extrémités du manteau, d'un gril, ou espèce de crochet à
plusieurs branches, sur lequel on allume ces morceaux de pin. Ils
alimentent cette lampe d'un nouveau genre au fur et à mesure qu'il
est nécessaire, et c'est à sa lueur qu'ils prennent leurs repas et pas-
sent leurs veillées.

misérables que moi... J'ai passé à la vigne, tout
est détruit!... La tempête de la nuit a emporté
et semences et terrain auquel nous les avions
confiées, il ne reste plus rien... rien que le roc
décharné......

Et la faim et le désespoir, ajouta-t-il tout bas
en grinçant des dents.

Femme ! tous nos voisins sont déjà partis, d'autres font leurs préparatifs, et les moins malheureux n'attendent que leur tour. Puisque tout es-
poir nous est enlevé, eh bien! partons aussi. Allons,
enfants, tâchez de vendre ou de troquer tout ce
que nous ne pouvons emporter, nous ne sommes
plus de ce pays !... Que l'on tue notre chèvre,
qu'on la coupe en morceaux pour être rôtis au
four, et que sa peau soit partagée entre vous
tous... La route sera longue, le chemin mauvais,
et le froid méchant... Pas de paroles inutiles,
point de larmes, et surtout pas de remontrances...
Femme, je te charge de cela... Demain, après-demain, enfin tant que notre pauvre *Tiri* durera...
bombance et joie; après quoi, pour la dernière
fois, nous irons prier au cimetière, et nous quitterons le village où vous avez tous reçu le jour,
et où mon enfance a été bercée sous l'arbre
planté par mon aïeul.

Dans ce moment un beau Chat vint se frotter

contre les jambes de tous ceux qui étaient présents. Sa queue relevée, un ronflement amical,
et ses évolutions bienveillantes sollicitaient des
caresses, mais il n'obtint pas même un regard,
tant la préoccupation était grande.

Étonné d'un accueil aussi froid et auquel il
n'était point accoutumé, il voulut probablement
en connaître la cause, car en un bond il sauta
sur les genoux de Jonathas, le malheureux père
de famille.

Le premier mouvement de celui-ci fut de le
lancer au loin avec humeur; mais il se ravisa, et
lui passant la main sur le dos, il lui parla comme
s'il avait pu en être compris :

—Et toi, pauvre Friko, que vas-tu devenir? Nous
ne pouvons pas t'emmener avec nous, et au reste
tu n'en as pas besoin : les souris ne te manque-
ront pas, comme à nous le pain.

Joseph, tu iras demain chez Natali notre com-
père, tu lui porteras ce Chat et tu le lui recom-
manderas ; car, vois-tu, c'est ma pauvre défunte
sœur qui me l'avait donné, et j'y tiens, à cause
d'elle, comme à un enfant de la maison.

Joseph était le plus jeune des enfants, et avait
été, pour ainsi dire, élevé avec Friko, comme
avec un camarade. Il vint le prendre avec empressement sur les genoux de son père, et l'em-
porta à sa place en le comblant de caresses.

Jonathas considéra pendant quelques instants cette scène intéressante, se demanda peut-être quel était le sentiment qui faisait oublier à un enfant le plus pressant des besoins, et envia l'insouciance de la jeunesse. Un demi-sourire effleura ses lèvres, une larme coula sur sa joue, et pour la cacher aux yeux de tous, il se leva brusquement en disant:

—Enfants, il est tard, le sapin va s'éteindre sur le gril. J'ai besoin de repos, et vous autres aussi. Femme de mon choix, enfants de ma chair, à genoux!.... et que Dieu bénisse notre prière.

Toute la famille s'agenouilla, courba la tête avec humilité, et aux dernières et pâles lueurs du feu, Jonathas fit à haute voix la prière suivante:

— *Dieu, qui êtes le même partout, qui voyez tout; et vous, sainte Vierge, mère de notre Sauveur, ayez pitié de nous, pauvres affligés....*

Il s'arrêta un instant, et l'on murmura un *ainsi soit-il....*

— *Chassés du pays de nos pères par la faim, nous allons entreprendre un long voyage, soyez-nous en aide...*

— *Ainsi soit-il,* répondirent ses auditeurs.

— *Délivrez-nous de tout mal et danger....*

— *Ainsi soit-il,* fut-il encore dit.

— *Qu'arrivés au terme de notre course, nous*

trouvions des chrétiens qui nous tendent la main comme à des frères en Jésus-Christ....

—*Ainsi soit-il* se fit encore entendre au milieu des sanglots.

Jonathas sentit son courage sur le point de l'abandonner, mais il réprima cette faiblesse. Dévotement il fit le signe de la croix ; sa famille l'imita, et chacun d'eux alla prendre place sur les nattes de roseau recouvertes de mousse, qui leur servaient de lit.

CHAPITRE VIII.

—

L'Émigration.

> Portés sur l'aile de la trompeuse espé-
> rance, ils partent pour de lointains pays...
> Ils vont y chercher ce que n'a pu leur
> donner leur village : ils y trouveront... la
> mort !

Le lendemain la maison fut démeublée, la pauvre chèvre Tiri tuée, non sans verser des larmes,
et notre Chat Friko, le héros de cette histoire,
porté chez le vieux Natali par Joseph, qui s'en
sépara le cœur gros de soupirs et le désespoir
dans l'ame.

Les préparatifs de voyage commencèrent acti-

vement; on prit congé de ses connaissances, on
régla quelques petites affaires; il fallut préparer
quelques morceaux de chèvre pour la route, raccommoder les vieilles hardes, etc.... Et un beau
matin, lorsque tout Mas était encore plongé dans
le sommeil, la petite caravane se mit joyéuse-
ment en route.

Grâce à la pauve Tiri, ils avaient fait chère lie
et avaient connu pendant quelques jours ce que
c'est que l'abondance. Heureux du présent, ils se
souciaient peu de l'avenir, et peut-être, hormis
Jonathas, ce fut avec un sentiment de plaisir
qu'ils prirent le chemin, qui allait mettre une
barrière entre eux et le clocher de leur village.

Il y avait environ une heure qu'ils étaient en
marche. Les enfants (il y en avait déjà de grands),
insouciants comme à leur âge, riaient, criaient,
sautaient, couraient, s'arrêtaient; leur mère
veillait sur eux, tançait les uns et excitait les autres à la marche, pendant que Jonathas, la tête
sur la poitrine, les mains jointes sur le ventre et
un bâton sous le bras, marchait silencieusement,
rêvant à ce qu'il allait faire, et heurtant à chaque
instant les cailloux qui se trouvaient sur son passage.

Pourquoi vient-il de lever subitement la tête,
et pourquoi ses mains saisissent-elles précipitamment le bâton, qui tout-à-l'heure lui était inutile?

C'est qu'un cri est parvenu à son oreille.... C'est Joseph, c'est bien lui dont la voix l'a glacé de terreur : un instant a suffi pour lui faire connaître que le Benjamin de son cœur est resté en arrière et qu'il peut lui être arrivé quelque chose de fâcheux. Il se hâte d'accourir, et toute sa famille, aussi inquiète que lui, s'empresse de le suivre.

Qu'était-ce?... Joseph s'était-il précipité dans quelque ravin? Non, point cela, ni autre chose de malheureux. Tout bonnement et tout simplement, il venait de retrouver son Chat, et cet événement, auquel il ne s'attendait pas, lui avait fait jeter un cri de joie, qui avait été pris pour un cri de détresse.

Friko apparemment n'avait pas voulu changer de maître; car, après s'être échappé de la cage à lapins dans laquelle Natali l'avait renfermé, il avait suivi nos émigrés à la piste. Lorsqu'on voulut le faire retourner en lui lançant des pierres, il persista à ne pas rétrograder. La queue et les oreilles basses, il s'arrêtait lorsqu'on lui jetait des cailloux, et par un miaulement sourd et plaintif il semblait demander une grâce, qu'on finit par accorder à son obstination et aux larmes de Joseph.

Celui-ci, avec l'assentiment général, le prit sous sa protection et se chargea de le nourrir à ses frais et dépens sur la portion qui lui reviendrait chaque jour en partage.

Pour commencer ses fonctions de généreux patron, il le prit sous son bras et le porta assez long-temps.

Il est inutile de dire comment ils se décidèrent à accepter un tel compagnon de voyage. Les exemples de familles, qui dans leurs émigrations emmènent des animaux domestiques, ne sont pas assez rares pour qu'il soit besoin d'expliquer pourquoi Jonathas consentit à ce que Friko voyageât avec eux, et comment il se fit qu'il voyagea si long-temps. L'attachement que l'on porte à un animal, sentiment que l'on pousse jusqu'à l'excès dans le malheur, a pu y être pour quelque chose; et d'ailleurs, qui pourrait dire que le prudent Jonathas n'eût pas, dans ses prévisions, compté sur Friko comme sur une ressource assurée et toujours prête contre la faim future? Je ne me chargerai point de donner de plus amples explications. Si le lecteur n'en trouve pas qui le satisfassent, tant pis pour lui, et non pour moi.

Voyageant de cette manière, ils parcoururent successivement Grasse et les villages environnants; travaillant dans les campagnes et faisant un peu de tout pour vivre.

Puis ils se dirigèrent du côté de Draguignan, gagnèrent Lorgues, où le chef de la famille mourut d'une chûte, séjournèrent quelque temps à Brignoles, où ils s'associèrent à une bande de Bohémiens, et prirent enfin leur route du côté de Saint-Maximin.

Là ils furent emprisonnés comme vagabonds, et renvoyés devant le procureur du roi de Brignoles, qui, après interrogatoire, fit relâcher nos émigrés.

N'oublions pas de dire qu'ils durent leur élargissement à Joseph, ou plutôt à Friko : car, si le premier intéressa par le récit naïf de leur infortune, le Chat le seconda merveilleusement par sa gentillesse. La gravité du magistrat ne put tenir à la vue de ces deux amis d'une nouvelle espèce. Leur constance à s'aimer et à partager le même sort dérida son front, et madame la procureuse, présente à l'interrogatoire, s'intéressa tellement en leur faveur, qu'elle décida son mari à user de son influence pour leur faciliter les moyens de continuer leur route.

Ils obtinrent un passeport d'indigent avec secours de route. Munis de cet auxiliaire favorable à leur position, ils se rendirent à Aix; mais dans cette ville leur nombre diminua de trois : la mère mourut avec un de ses fils, et la seule fille qu'il y eût trouva à se placer en qualité de servante chez M. Pardigon le libraire, où elle doit être encore.

Trois garçons restaient encore. L'un d'eux, le plus âgé, disparut avec les hardes de ses frères; les deux autres allèrent à Marseille.

Joseph était du nombre, et il va sans dire qu'il fut accompagné de Friko, qui avait essuyé les mêmes vicissitudes que son maître, et auquel il s'attachait tous les jours davantage.

Arrivés dans cette dernière ville, ils songèrent aux moyens de pourvoir à leur existence. Le frère de Joseph, qui était déjà grand et fort, fit le portefaix, et gagna bientôt assez pour acheter, sur ses économies, une caisse, des brosses et du cirage à son frère, qu'il installa décrotteur.

CHAPITRE IX.

—

Dénouement.

> Si le don de narrer agréablement m'était
> donné, je voudrais trouver, dans les cir-
> constances les plus ordinaires de la vie, de
> quoi intéresser tout être possédant une
> once de sensibilité.

Chacun d'eux exploita son industrie le mieux
qu'il fut possible, et Joseph aurait pu se croire
un petit Dieu, s'il n'avait été brisé dans sa plus
grande affection : il fallut renoncer à Friko.

Son frère lui avait fait sentir déjà, mais inutilement, la nécessité de se séparer de son chat,
et probablement ne s'y fût-il jamais décidé, si les

décrotteurs ses collègues ne l'avaient raillé conti-
nuellement sur un pareil attachement, et, ce qui
lui était beaucoup plus sensible, s'ils n'avaient
cherché toutes les occasions possibles pour faire
des niches à Friko.

Le pauvre Joseph, étant presque toujours le
plus faible, ne pouvait que rarement garantir
son ami d'adoption des outrages multipliés que
lui suscitait la méchanceté de ses ennemis. Tantôt c'était un chien que l'on lançait contre lui ;
tantôt c'était un morceau de pain attaché avec
une ficelle ou traversé par une épingle, qu'ils lui
faisaient avaler ; puis c'était sa queue que l'on
attachait avec un morceau de papier au bout,
ou bien on lui barbouillait la face avec du cirage;
et comme malicieusement on lui en faisait entrer
dans les narines et dans les yeux, il faisait des
contorsions qui perçaient le cœur de son maître.

D'abord Joseph, malgré sa faiblesse, avait
trouvé dans son indignation assez de hardiesse
pour se battre pour Friko ; mais, malheureux
champion, il avait été si souvent battu, qu'il n'o-
sait plus que gémir sur l'inaction à laquelle il se
voyait condamné.

Ne pouvant faire plus, il se contentait de pleurer... et d'intercéder pour lui. Mais, comme l'a
si bien dit notre bon Lafontaine, *l'enfance est
sans pitié*. Les petits bourreaux se moquaient de

ses larmes, et quant à ses prières, elles provo-
quaient leur hilarité et de nouvelles malices.

Le cœur de Joseph en saignait. Il comprit qu'il
ne pouvait garder Friko plus long-temps, sans
l'exposer à devenir la victime de quelque méchanceté. Il l'aimait trop pour en venir jusque-
là; aussi se décida-t-il, quoiqu'il lui en coutât,
à le donner au restaurateur de l'hôtel des *Deux*
Indes, sur le Cours.

Ce restaurateur (il n'y est plus depuis un mois)
avait nom Pierre Delue, et m'a été d'une grande
utilité dans les recherches que j'ai faites.

Pour adoucir les regrets d'une séparation très
cuisante pour lui, Joseph ne manquait jamais de
venir, une fois par jour, s'asseoir sur les escaliers du restaurant et de siffler trois fois.

Alors on voyait Friko quitter le coin du feu
ou les os qu'il rongeait, et accourir sur les genoux
du décrotteur. Celui-ci lui rendait caresse pour
caresse, et enfin se décidait à le quitter pour le
revoir encore le lendemain.

Puis vint cette maladie qui, partout où son
souffle impur a passé, a brisé tant de saintes af-
fections, étouffé tant de nobles espoirs, et doté
le cimetière d'un peuple de morts.

Silencieux comme la tombe, son emblême,
barbare comme l'enfer d'où il a été lancé sur la
terre, le *choléra* frappa le riche et le pauvre,

6

renversa le faible et le puissant. Notre décrotteur
fut une de ses victimes. Il mourut obscurément
entre les bras de son frère, demandant sans cesse
après son cher Friko, et lui ayant consacré les
dernières paroles de son agonie... Pauvre petit!... Il fut jeté dans la fosse commune, et aucune main amie n'y planta une croix pour reconnaître la place.

Il y avait, à cette époque, un réfugié Italien
logé à l'hôtel des *Deux Indes*, auquel le manége
de Joseph et du chat n'avait point échappé.

Homme de talent et observateur par nature,
M. di Ribeira s'était intéressé à ces deux êtres,
et avait même, à ce sujet, composé dans sa langue une pièce de vers. La traduction qu'il eut
l'obligeance de m'en faire de vive voix, me fit
le plus sensible plaisir. Il est à regretter qu'un
départ précipité l'ait empêché de mettre la dernière main à une poésie toute palpitante d'intérêt
et de suave ingénuité.

Depuis lors, c'est-à-dire depuis le jour où Joseph, dormant sous la terre, manqua à son ha-
bitude chérie, et s'il faut en croire la personne
dont je viens de parler, on vit Friko roder sans
cesse dans la remise, allant aux différents endroits où il avait coutume de jouer avec Joseph,
et miaulant par intervalle d'une manière triste.

Un jour il se hasarda à aller dans la rue et se
dirigea vers un groupe de décrotteurs. Leur cos-
tume, à peu de chose près, pareil à celui de
Joseph, lui donna sans doute à penser qu'il le
trouverait là. Avec cet instinct qui, dans les bêtes,
nous étonne parfois, nous autres hommes, il se
glissa entre les étalages des boutiques, et parvint
sans encombre jusqu'à l'endroit désiré.

Malheureusement il avait été guetté, depuis sa
sortie, par un petit polisson, qui jugeant le moment favorable, lui lança le manche d'un fouet
sur la tête.

Notre pauvre Friko vacilla un instant, et chez
lui le désir de fuir le danger présent dominant
tout autre sentiment, il se mit à courir du côté
opposé à son gîte, et grimpa lestement sur le premier arbre qui se trouva à sa portée.

Soit un reste de la frayeur causée par son aventure, soit qu'il vît des ennemis dans chacun des
individus dont la foule se pressait au-dessous de
lui et circulait en tout sens, il n'osa pas descendre de son abri.

Quand, le lendemain et les jours suivants, il vit
toute une populace les yeux fixés sur lui, il dut
se douter qu'il était l'objet de leur attention. Se
méprenant sur ses intentions, il ne se rappela que
sa mésaventure de la veille, et probablement

prit la résolution de ne plus s'exposer dorénavant à pareil danger.

D'ailleurs, ne lui refusons pas tout sentiment d'intelligence... N'avait-il pas perdu Joseph, son seul ami? Depuis plusieurs mois, et quand toutes ses recherches avaient été vaines, n'avait-il pas dû comprendre que tout était fini pour lui, et que désormais il devait vivre isolé, et sans aucun contact avec les barbares qui avaient attenté à sa vie?

Qu'à la peur et à la méfiance, car l'une ne va jamais sans l'autre, on ajoute la faculté de faire sa proie des oiseaux, qui, à une pareille élévation, ne se méfiaient certainement pas d'un pareil ennemi; et la persistance de ce Chat à demeurer sur le sommet d'un arbre ne paraîtra ni plus étonnante, ni plus merveilleuse que son ascension, dont on connaît maintenant la cause.

Me voici sur le point de terminer... Je n'ignore pas qu'on pourrait me faire quantité d'objections; je m'en suis moi-même déjà fait quelques-unes; mais, l'avouerai-je?... le temps me manque, la paresse me gagne, et quoiqu'il soit en mon pouvoir de les combattre d'une manière satisfaisante, on m'obligera beaucoup de m'en dispenser. Tout ce que je peux faire, c'est de répondre brièvement à deux questions, qu'entre plusieurs autres, on ne manquera pas de faire :

Qu'est devenu le frère de Joseph?
….Idem… le Chat Friko?

Le frère de Joseph reçut pour nom de bap-têne, celui de Jean.

Il est encore plein de vie et de santé. Son état… il en a plusieurs:

Portefaix et garçon de remise.

Son logement…

La remise de l'hôtel des *Deux Indes.*

Son lit…

Deux bottes de paille en été comme en hiver.

Son ambition….

De devenir cocher de la diligence de Marseille à Barjols.

Son avenir….

Il ignore ce que c'est.

Ses espérances…

De mourir sous le piétinement des chevaux, ou sous la roue d'une voiture.

Mas, son pays… il l'a oublié.

Son frère, le pauvre Joseph….

Il s'en souvient encore.

Et de Friko…

Si vous lui en parlez, il vous dira :

—C'était un beau Chat! Il aimait tellement le petit, qu'il faut bien qu'il soit allé le trouver au cimetière....

Et *le Chat !...le Chat !...* me crie l'impatient lecteur.

Patience! je suis à vous, seigneur mon maître... Nous en étions lorsque Friko avait pris gîte sur les arbres du Cours. Eh bien! malgré ma bonne et sincère volonté, nous serons obligés de le laisser là.

Toutes les recherches que j'ai pu faire pour savoir la cause et les circonstances de sa disparition, ne m'ont donné que des résultats imparfaits et qui ne sauraient satisfaire ma conscience d'historien.

J'ai bien appris que par ordre de la police, un agent de cette administration l'avait tué d'un coup de fusil; mais j'ai plus que de simples présomptions pour assurer que le Chat, qui fut tué à la vue d'un grand nombre de personnes, n'était point celui dont nous avons fait l'histoire. Des renseignements pris à ce sujet m'ont prouvé, de manière à ne pouvoir en douter, que le Chat qui fut occis par mesure de la police, avait été volé à un cordonnier de la rue *Pierre-qui-Rage*, nommé *Aschero*. Enlevé un soir à son maître par quelques petits gamins, il avait été porté sur le Cours et obligé de grimper sur un arbre. Notre Friko, qui avait paru précédemment, leur avait sans doute donné l'idée de cette espiéglerie.

A l'aide de ces renseignements, et avec un peu de complaisance de mon imagination, j'aurais pu clôturer mon histoire de manière qu'il ne fût plus nécessaire d'y revenir; mais, outre les raisons que je viens d'alléguer, j'ai tout lieu de croire qu'il ne me sera pas impossible de découvrir un peu plus tard ce que je ne dois pas être seul à désirer.

En conséquence, je ne m'écarterai pas de la vérité, qui dans cette histoire m'a servi de règle jusqu'à présent, et je finirai cette brochure, déjà quatre fois trop longue, à ce que dit mon sévère et chagrin imprimeur, en promettant de faire part au public de mes recherches futures et de leur résultat.

Tout cela, bien entendu, moyennant un *légère rétribution.*

J'y mets pourtant une condition.... Cela sera :

Si le débit de la présente brochure permet à Polydore Bouge *d'acheter son orgue de Barbarie;*

Et à moi un pantalon pour remplacer celui dont il est parlé en tête de cet ouvrage.

29 *septembre* 1838.

FIN.